아름다운 눈을 가진

_____ 님께

_____ 드림

아름다운 눈

아름다운 눈

초판 1쇄 발행 2020년 5월 25일

지 은 이   이세혁
발 행 인   권선복
편   집   권보송
디 자 인   최새롬
전 자 책   서보미
발 행 처   도서출판 행복에너지
출판등록   제315-2011-000035호
주   소   (157-010) 서울특별시 강서구 화곡로 232
전   화   0505-613-6133
팩   스   0303-0799-1560
홈페이지   www.happybook.or.kr
이 메 일   ksbdata@daum.net

값 12,000원
ISBN 979-11-5602-807-9 03810

도서출판 행복에너지는 독자 여러분의 아이디어와 원고 투고를 기다립니다.
책으로 만들기를 원하는 콘텐츠가 있으신 분은 이메일이나 홈페이지를 통해
간단한 기획서와 기획의도, 연락처 등을 보내주십시오. 행복에너지의 문은 언
제나 활짝 열려 있습니다.

아름다운 눈

이세혁

도서
출판 행복에너지

사람의 내면을 보는 사람은 항상 여유로우며,

언제나 밝고 건강한 웃음을 짓게 된다.

한 아이가 있었다.

그는 자신의 콤플렉스 때문에 항상 괴로웠다.

어린아이 때도, 청소년기 때도, 심지어 어른이 되어서도….

하지만 그는 그 '다름'을 자신만의 '특별함'으로 극복해 냈고, 마침내 작가가 되었다. 그것도 베스트셀러 1위의 작가….

그의 나이 스물세 살 때의 일이다.

목차

1부

너무 많은 생각들로 인해 지쳐 있는 너에게

2부

우리 모두 안에 잠재되어 있는 행복

3부

내 인생의 최고로 좋은 날은 아직 오지 않았다

1부

너무 많은 생각들로 인해

지쳐 있는 너에게

길

길 안에 길이 있었고
길 밖에 길이 있었다.
길이 시작되는 곳에 길의 끝이 있었으며
길이 끝나는 곳에 길의 시작이 있었다.

내가 걸어온 길과

걸어가지 않은 길 사이에도

언제나 길이 있었다.

끝내 한 번도 걸어가 보지 못할 길 사이에

존재하는 수많은 길의 방황 속에서

이제 나는 그대에게 가 닿을 수 있는
사랑의 길 하나를 찾아 걷고 싶다.

텅 빈

사랑해서,

너무도 사랑해서,

가슴속 깊은 곳까지

차갑게 시려봤던 사람은 안다.

누군가를 뜨겁게 사랑했지만,

결국 텅 빈 혼자가 된다는 사실을.

아름다운 눈

나는 그대에게

그대는 나에게

좋은 것들만 바라볼 수 있는 아름다운 눈이 되어주어

함께 가자.

다시, 아름다운 눈

아름다운 사람은
아름다운 눈을 지녔다.

좋게 보고
밝게 보고
예쁘게 본다.

그런 눈을 가진 사람은
말도 참 예쁘게 잘 한다.

네가 그랬다.

이별

까만 하늘

그 속에 내 두 눈을 수놓고 싶다.

마치 저 별들처럼….

오래전이었다.

첫 사랑은 피할 수 없었다.

그리고 '첫 이별'이라는 것 역시 나는 피할 수 없었다.

너무 많은 생각들로 인해
지쳐 있는 너에게

딱히 아무것도 하고 싶지 않을 때는,

그냥 아무것도 하지 않아도 괜찮아.

너에게 좋은 휴식 시간이 되어줄 테니까.

가을 낙엽, 그리고 글

아침 일찍이 집필실로 향하는 길에 낙엽을 맞았다.

수북하게 떨어져 내린 낙엽 길을 나는 걸었다.

내가 써야 할 글들이 마치 이곳저곳,

여기저기에 흩어져 있는 게 아닌가 싶은 생각이 들었다.

새삼 주위를 둘러보니

알록달록한 계절이 둥지를 틀고 있다.

세상은 온통 무지갯빛 글들만이 가득하다.

나는 단지 그것들을 주워 담아

하얀 종이 위에 옮기기만 하면 된다.

그런데 난 오늘도

사랑 타령이다.

흔들린다

창밖에 휘휘 바람이 분다.
아직 떨어지지 않은 나뭇잎이 흔들린다.
내 마음도 덩달아 흔들린다.

내가 꿈꾸던 삶의 목적이,
전부가 아님을 문득 깨닫는다.
나를 흔들어 깨우는
가을바람이 빛과 같은 속도로 지나간다.

나는 지금,

어디를 향해 흔들리며 가고 있는가.

사계절

겨울에 만난 그 사람에게 내가 말했다.
그래도 사계절은 서로 겪어봐야 한다고.

그 사람과 겨울, 봄, 여름, 가을을 보냈지만
그건 우리가 함께했던
처음이자 마지막인 사계절이었다.

무참히 찾아온,

확실한 이별.

다시, 겨울.

추워지는 게 싫다.

오며가며 너를 정말 사랑했었나 보다

오며가며 너를 만나

그렇듯 몇 계절 동안

너를 내 마음속에 품었나 보다.

이별 후엔 잊히리라 여겼다.

하지만 나, 자꾸만 깊어지는 밤을 붙잡게 된다.

떠나간 그 사람 때문에.

그리고 나, 자꾸만 눈이 맵다.

매 순간마다 눈물이 나와서.

너를 마음속에 품었다 놓아주니까

내 몸이 온통 아프고 따갑다.

오며가며 내가 너를,

정말 사랑했었나 보다.

당신과 헤어진 지 한 달째

당신과 헤어진 지 한 달째,
다른 사람들과 삼겹살을 먹었어.
그 순간에 또 당신 생각이 나더라.

그럭저럭 잘 지내고 있다고,
이제 정리가 되었다고 생각했는데,
아무래도 그게 아닌 것 같아.

당신과 함께했던 순간순간들이
나를 괴롭혀.

책을 읽을 때나

밥을 먹을 때나

길을 걸을 때나

밤하늘의 별들을 바라볼 때도

당신과 함께했던 추억들이 떠올라 미치겠어.

당신과 헤어진 지 한 달째,

어제가 바로 그날이었어.

머릿속에선 그만 정리가 되었다고 생각했는데

가슴속에선 아직 정리가 되지 않은,

한 달을 보냈던 건가 봐.

당신은 잘 지내?

이기적 존재

살아가면서 적어도 한 번쯤

타인에게 "넌 이기적이야!"라고 말했던 사람들 중에,

이기적이지 않은 사람을 나는 결코 보지 못했다.

다시, 이기적 존재

1년에 단 하루만이라도
나는 온전히 그대의 것이 되고,

6개월에 단 하루만이라도
온종일 그대 어깨에 기대어 쉴 수 있으며,

3개월에 단 하루만이라도
나 그대와 함께 조건 없는 행복을 느끼고 싶습니다.

1년에 단 세 번만 볼 수 있다 하더라도

나 그대를 여전히 사랑하고 싶은 마음입니다.

바람이 불어서 네가 떠났나 보다

바람이 불어서 네가 떠났나 보다.
흔들리는 너의 마음 감출 길 없어
네가 나를 떠나버렸나 보다.

시간이 약이겠지 생각하지만
얼마나 더 많은 밤들을 지새워야
약효가 나는 걸까?

그럴 걸 그랬다

차라리 그럴 걸 그랬다.

너를 만나서,

너를 사랑해서 행복해하던 그 마음,

조금만 아끼어

어디에다가 감추어놓을 걸 그랬다.

그랬더라면

이리도 아픈 내 가슴,

아주 조금은 달랠 수 있을 텐데….

네 곁에, 내 옆에

네 곁에 내가 없으므로 해서
네가 많이 힘들었으면 좋겠다.

내 옆에 네가 없으므로 해서
내가 아주 잘 살았으면 좋겠다.

반드시,

나 아니면 안 되는

너였으면 좋겠다.

마음

가장 알 수 없고
또 가장 믿을 수 없는 것이 사람의 마음.

더욱이,

가장 어리석은 것 중의 하나가
바로 상대의 마음을 믿는 내 마음이더라.

다시, 여행

사랑했음에도 사랑한 것 같지 않다.
이별했음에도 이별한 것 같지 않다.

나는 다시,
여행을 떠난다.

2부

우리 모두 안에 잠재되어 있는 행복

낯선 행복

'행복'이라는 단어 자체가
가슴에 크게 와닿지 않고
마냥 낯설게만 느껴지는 건,

아마도

그걸 자주 느껴본 적이 없다는 뜻일 테고,
그리 익숙지 않은 감정이기 때문에 그렇습니다.

낯선 행복보다 낯선 슬픔에

더 익숙해져 있기 때문입니다.

그래도

사람들은 매일같이 주문을 외듯 말합니다.

"오늘 하루 행복하자!"고.

정말 행복하다면

그런 말,

잘 하지 않습니다.

행복은 말이 아닌 행동으로

자연스레 표현되며,

'난 행복한 사람'이라고

자신의 얼굴에 저절로 드러나기 때문입니다.

행복하지 않기 때문에

행복해지고 싶어서

행복을 비는 것뿐입니다.

행복은 그리 먼 곳에 있는 게 아닌데도 말입니다.

내 사랑은 쓰레기

사실 넌 날 버린 거였어.
그 어떤 형태로든.

한번 쓰레기통에 버려진 물건은
원래의 주인한테로 다시 되돌아가기가 힘든 것처럼,
나라는 사람 역시 마찬가지야.

난 너에게로 다시 되돌아갈 수가 없게 되어버렸어.

내 몸과 마음이 꼭 그래.

고마워,

날 버려줘서.

기억해,

널 향한 내 사랑이

이제는 쓰레기가 되었다는 사실을.

갉아먹지 마

'갉아먹는다'는 그 표현처럼
나의 마음과 감정을 갉아먹게 하는 일이
더 이상은 없었으면 좋겠다.

쓸데없는 욕심과 고집과 아집으로
서로의 마음과 감정을 낭비하는 일이
더 이상은 없었으면 좋겠다.

어차피 한 번 사는 인생,

매 순간에 충실했으면 좋겠고,

현재에 집중하며 살았으면 좋겠다.

당신이 그랬으면 좋겠고,

내가 그랬다면 좋겠다.

만일 그랬었더라면,

우리가 이렇게 서로 떨어진 채로

각자의 길을 가고 있지는 않았겠지.

함께 그 길을 걸어가고 있겠지.

불만족스러운 지금을
살아가고 있는 너에게

앞으로는 충분히 행복해질 거야.

그리고 만족스러워질 거야.

왜냐하면 넌,

이 세상에 단 하나뿐인

소중한 존재이니까.

우리 모두 안에 잠재되어 있는 행복

행복은 내 안에, 또 그대 안에 그리고
우리 모두 안에 잠재되어 있는 것이어서,
그저 끄집어내기만 하면 되는 겁니다.

기다리다 보면

서로 참고 기다리다 보면,
좋은 날이 찾아오겠지요.

조금만 더 기다리다 보면,
곧 좋은 당신이 내게로 오겠지요.

이불 속 로맨스

겨울이 오면
밖에 나가고 싶은 마음이 점점 더 줄어든다.
춥고 배고프고 계속 졸리기만 한다.

곰이 겨울잠을 자듯
나 또한 겨울잠을 자는 것 같다.
도무지 이불 밖을 나가려 하지 않는다.

지금 이 순간,
네가 내 이불 속에 같이 있었으면 좋겠다.

그렇게 네가 내 옆에 있어준다면,
그래도 이 나태한 정신머리 하나만큼은
바짝 또는 반짝 차릴 수 있을 테니까.

주둥이 접선

그 사람이 좋아서
자꾸 만지고 싶어진다.

손을 잡고 싶고,
얼굴을 비비고 싶고,
자꾸만 뽀뽀를 하고 싶다.
포옹도 하고 싶고
진한 주둥이 접선도 자주 하고 싶다.

이와 같은 것들은 모두

사랑이라는 감정을 이내 밖으로 표현하는 것이므로

제아무리 많이 한다고 한들 결코 질리지 않는다.

질리는 건 쓸데없이 아무 때나 튀어나오는

나의 부질없는 욕심과 집착의 표현들….

3초 말고 10초 생각하기

"부탁이 있어.

당신이 되게 감성적이면서도 감정적인 거 잘 알아.

그래도 우리 순간의 감정을

평생의 후회로 만들지는 말자.

그래서 말인데, 우리 서로 말할 때

한 3초만 더 생각하고 말하는 건 어때?"

그러자 그 사람이 말한다.

"아니…, 3초 말고 10초 더 생각하고 말할래."

좋아하고 사랑하는 마음이란

상대방이 좋아할 만한 걸 해주면서

그와 동시에

상대방이 싫어하는 걸 하지 않는 것.

좋은 때, 한창때

A : 널 만나서 난 내 삶의 너무 좋은 때를 맞았어.

B : 난 너와 함께여서 다시 한창때를 보내고 있어.

뜨겁다 vs. 차갑다

지극히 개인적인 생각으로는
'뜨겁다'라는 말이
'차갑다'라는 말보다는 좀 더 나은 것 같습니다.
무언가에 차가운 사람이기보다
무언가에 뜨거운 사람이, 보다 열정적인 법이니까요.

그렇다면 나 자신은 과연 어떤 사람일까요?
뜨거운 사람? 아니면, 차가운 사람?
지금은 어쩌면 그냥저냥
미적지근하게 살아가고 있는 사람?

돌이켜 보면, 분명 뜨거웠던 적이 있습니다.

하지만 그런 시간을 뒤로하고

그 어느 날부터인가 우리는

삶을 미적지근한 태도로 바라보기 시작했습니다.

그때가 언제부터였는지도 모르게 말이지요.

왜 그랬던 걸까요?

여러 이유들 중에 하나를 꼽자면,

나 자신이 정말 소중하다고 여겼던 것들을

자의 반 타의 반에 의해서

하나둘씩 잃어가고 있었기 때문이 아니었을까요?

더 이상의 아픔과 상처는 싫다면서,

그 어느 날부터인가 우리는

미적지근한 태도로 주위의 모든 것들을

그렇듯 대했던 건 아니었을까요?

그래서 상대방 역시

그와 비슷한 방식으로

당신을 대했던 것일 수도 있어요.

어떡하죠?

사랑하는 사람이 생겼어요.

어떡하죠?

그분과 잘 사랑하시면 됩니다.

단, 이전처럼만 사랑하지 않으시면 됩니다.

이성적 감정 동물

인정하기 싫을 수도 있겠지만

우리 인간의 본바탕은 지극히 동물적이지 않나 싶어요.

이성적으로 생각할 줄은 알지만

자기감정과 욕심과 본능에 더 충실하고,

앞에선 그럴싸하게 포장해서 말하지만

뒤에선 이런저런 욕들을 하며,

본인한테 불리한 상황이 닥치면 배신과 배반까지

불사하게 되는 게 바로 사람인 것 같아요.

사람들끼리 어울려 사는 세상이니까

어쩔 수 없는 것 같다고요?

네, 맞아요. 그렇지요.

기쁘고 행복한 것도,

슬프고 짜증나고 화가 치미는 것도

이게 다 어찌 보면

우리 모두는 이성적 감정 동물이라서

그런지 몰라요.

이성으로 모든 걸 완벽하게 컨트롤할 수 있다면야

그 역시 사람이 아닌 거예요.

그래서 우리는 때때로 이렇듯 말하잖아요.

"참 인간적이야!"라고.

화가 날 때는 차라리 화를 내는 게

정신건강에 더 이로울 수 있어요.

전문가들조차 말하고 있잖아요.

화를 참기만 하면 병이 된다고.

그렇다고 설마 분노조절장애처럼

정말 심하게 화를 낼 사람은 없겠죠?

그럴 게 아니라,

그때그때 풀라는 뜻이에요.

인간관계에서 비롯되는 모든 크고 작은 문제들은

그때그때 바로 풀어버리는 게 최선일 수 있어요.

참는다고,

또는 참아보겠다고,

화를 차곡차곡 쌓아두다 보면

나중에 가선 감당할 수 없을 만큼의

더 큰 화의 무게로

되돌아올 수 있으니까요.

무조건 참다가는

화병밖에 더 걸리겠어요?

내 옆에 좋아하는 친구들과

사랑하는 사람이 생기는 것도,

또 그런 소중한 사람들과 말다툼을 하면서 지내는 것도,

이게 다 인간의 감정에서 비롯된 거니까

어쩌다 사람이 사람한테 서운한 마음이 들거나

화가 나는 건 당연한 거예요.

그 사람에 대해

신경을 많이 쓰고 있다는 뜻이니까요.

대체로 우리는

그리 신경 쓰고 싶지 않는 사람들에 대해

매우 무관심한 편이잖아요?

그런데 그 사람 때문에

삐치고 서운하고 화가 난다면,

그건 아마도 그 사람을 많이 애정하고 있다는

확실한 증거일 거예요.

화를 낼 때 내더라도

단순히 화를 버럭 내기보다

그 서운한 감정을 구체적으로 얘기해 줘야 해요.

말하지 않으면 상대는 잘 모를 수 있고,

표현하지 않으면 영원히 모를 수도 있어요.

우리 모두는 저마다 외모도 성격도 취향도

각기 다 다른 사람들이니까요.

솔직하면서도 구체적으로 말을 했다면

어느 정도는 알아들었을 거예요.

상대방과 나 사이에 문제가 되는 접점을

이미 찾아서 풀었을 수도 있고요.

처음엔 다소 어색하게 느껴질지 모르지만,

그 무엇보다

상대에게 솔직해지는 것이

가장 기본 중에 기본이 되지 않을까 싶어요.

그랬음에도 불구하고

말이 잘 통하지 않는 것처럼 느껴진다거나

서운한 감정 또는 화기가

여전히 가시질 않고 있는 중이라면,

상대는 이미 내 사람이 아닌 거예요.

나 역시 상대의 사람이 아닌 거고요.

그럴 땐 과감히 손절해야 해요.

지금을 믿겠다

누군가를 만나 인연을 맺고 사는 건 당연한 거다.
이 세상에서 사람과의 관계를 맺지 않고서는
제대로 살아갈 수 없는 법이니까.

시작은 쉬워도 유지가 힘든 것이 사람과의 관계.
나 혼자만 그런 게 아니다. 대부분이 그렇다.

모두에게 첫 인연의 시작은 쉽지만
그것을 잘 유지해 나가기란 보통 어려운 게 아니다.
사람의 마음이 조금씩 변해가기 때문이다.
그런 마음이 점점 더 간사해지기 때문이다.

믿지 말자.

시시때때로 뒤바뀌는 사람의 마음 따위, 그리고

불확실한 내일과 단정할 수 없는 미래 따위….

차라리 난,

내가 사랑하는 지금을 믿겠다.

사람들 틈에서

사람들한테서 상처를 받고 떠나와
한동안은 그곳에 자리를 잡고 살았다.
지난 일들 훌훌 털어버리고
다시금 사람들 틈에 섞여 잘 살아보고 싶었다.

비록 사람들의 얼굴은 바뀌었지만
사람들의 마음이란 어딜 가나 여전히 그대로였다.
내 맘 같지 않고 네 맘 같지도 않은 그런 것.

그럼에도 또다시 사람들 틈 사이를 파고들며
삶을 건뎌내고 또 버텨낸다는 건
나 역시 사람이기 때문.

아무렇게나

그냥 되는대로
아무렇게나 살다 보면
정작 '나'라는 존재는
끝내 보이지 않게 된다.

옛 애인

"네가 없으면 못 살아!"로 시작해서,
"너만 없으면 잘 살아!"로 끝나버림.

추억

사랑은 한때였으나,
그 추억은 오래더라.

3부

내 인생의 최고로 좋은 날은

아직 오지 않았다

전화번호

어떤 사람이 있었어.

2년을 좀 넘게 만났는데,

이상하리만치 그 사람의 전화번호만큼은

잘 외워지지가 않는 거야.

외웠다 싶으면 까먹고,

다시 외웠다 싶으면 또 까먹고….

그런데 이별할 때쯤이 되어서야

그 사람의 전화번호가 완전히 외워지는 거 있지?

정말 이상해.

지금은 잊어버리지도 않아.

그 사람,

그 전화번호.

나 어쩌면

나 어쩌면

사랑받기 위해

사랑을 주는 척했던 건 아니었을까?

나 어쩌면

바로 그런 이유 때문에

그토록 많은 이별을 했던 건 아니었을까?

사랑

오로지
사랑함으로써
사랑을 배울 수 있다.
그리고 사랑을 줄 수 있다.

그전에는
알지 못한다.

한 사람

한 사람을 알아간다는 건,
그 사람의 모든 생애를 알아간다는 뜻이다.

그 사람의 과거와 현재와 미래까지도
함께 알아가고 싶다는 뜻이다.

이미 지나쳐온 그 사람의 길과 나의 길,
그 한가운데서 교차점이 생겨났다는 뜻이다.

그 교차점으로 인해 우리는
한마음이 되어간다는 뜻이다.

한 사람,
오직 그 한 사람을 사랑하는 데 있어
얼마나 많은 시간이 필요한 걸까.

그 한 사람만을 온전히 사랑하는 데 있어
걸리는 시간은 또 얼마나 되는 걸까.

시간이 부족하다.
시간이 소중하고 아깝다.

시간을 아껴
그 한 사람에게만 집중하고 싶다.

그 사람의 온 생애를 통감하며,
함께 웃고 또 함께 슬퍼하는 하나가 되고 싶다.

그 사람

그 사람은 사랑이지만,

그 사람은 희망이기도 하다.

그 사람과 나 사이엔

끝도 없는 시작과

그 과정만 있기를.

터널

밤사이 눈이 소복이 내리던 날,
우리는 사랑을 나누었지.
눈이 내리는지도 모르게
그 사랑이 서로에게 흘렀지.
강한 열망과 갈망으로
우리는 밤새 사랑을 나누었지.
서로의 지난 아픈 터널을 통과하면서.

그러고는 아침이 찾아왔지.
밖에 나가 눈 쌓인 길을 걸었는데,
아무도 밟지 않은 하얀 눈길 위를
나는 사뿐히 떠다녔지.
'뽀드득, 뽀드득' 소리가 나서
나는 또 생각했지.

며칠이면 녹을 저 눈처럼

나 또한 녹아서

네 안으로 더 깊이 흘러들어갈지 모르겠다고.

너라는 사람과

너라는 사람과

시도 때도 없이 하고 싶다,

진짜 사랑을!

그냥 좋아서

외로워서가 아닌,

네가 그냥 좋아서

곁에 머물러야지….

오늘, 지금, 다시

오늘, 당신이 내게로 왔습니다.
나 또한 당신께로 갔습니다.

지금, 우리는 서로의 마음을 확인했습니다.
심장의 두근거림이 입 밖으로 튀어나올 것만 같은 설렘과
아름다움이 무엇인지 정의내릴 수 있는 확신.

다시, 용기 내어 살아볼 수 있겠다는 다짐과 함께.

오늘, 당신이 내게로 왔습니다.
지금, 함께하는 이 순간이
다시, 시작입니다.

눈

창밖을 보니
눈이 내린다.

너의 모습도
온통 하얗다.

하얀 세상은
우리만의 것.

지금 우리는
눈처럼 쌓임.

관계

사람들한테서 상처받고
사람들한테서 치유된다.

끊임없이 반복되는
관계의 아이러니….

서울타워와 에펠타워

프랑스에서 여행을 온 '안드레아'라는 남자.

신기하게도 그는 태평소 연주자라고 했다.

북한으로의 여행 비자가 거절당해,

차선이자 그 최선책으로 한국에서 여행 중이라고.

'프랑스' 하면

자동적으로 떠오르게 되는 에펠타워.

그래서 내가 물었다.

"에펠타워 가봤어?"

그는 가본 적이 없다고 했다.

내가 빙그레 웃으며 입술을 뗐다.

"나도 그래.

난 서울사람이지만

아직 서울타워에 한 번도 못 가봤어."

우리는 동시에 속삭였다.

"사는 게 그렇지, 뭐(Such is life)."

카르페디엠

한번은 과로로 쓰러져서 입이 돌아갔다.

하필이면 욕실 타일 바닥에 쓰러져 뒷머리를 부딪쳤다.

뒤통수뿐 아니라 귓속에서도 피가 철철 흘러나왔다.

피가 터지지 않았더라면

수술은커녕 이미 죽었을지도 모른다는 그 말을

의사한테서 들을 수 있었다.

구사일생으로 살아나기는 했지만

정말이지 사는 게 사는 게 아니었다.

후각 상실에 맛조차 못 느끼는 상황을 맞았고

안면 마비와 보행 장애의 후유증까지 겹쳐

한동안은 희망 없는 나날을 보내야 했다.

죽으려고 그렇게 열심히 일한 게 아니었다.

잘 살아보기 위해,

조금이라도 더 행복해지고 싶어서

죽어라 일을 했을 뿐.

앞으로는 죽어라 일하지 않을 것이다.

인생은 어떻게 될지 모르는

내일을 위한 것이 아니었다.

오늘,

내가 존재하고 있는 지금과

이 순간을 즐기며 사는 것이 최선이다.

현재가 행복하지 않은데,

내일이 되면 갑자기 행복해질 수 있을까?

지금 떠안고 있는 불행이,

내일이 되면 갑자기 행운으로 뒤바뀔 수 있을까?

내일 행복해지기 위해서가 아니라

바로 오늘,

지금 당장 행복해지기 위해

나는 살아간다.

다시, 사랑

사랑은 내게 호출과도 같았다.

너의 부름에 응하지 않고서는 도저히 견딜 수 없는.

그리고 그건,

너와 내 삶이 어디론가 흘러가던 중에

동시에 마주하게 된 접점의 신호였다.

꿈

꿈을 찾기 위해

꿈을 꾸게 되면

꿈을 이루게 됨.

내 인생의
최고로 좋은 날은 아직 오지 않았다

사람이 살아가면서
적어도 세 번의 기회는 주어진다고 한다.

그러나 내 인생의
최고로 좋은 날은 아직 오지 않았다.

지금껏 두 번의 기회를
너무 어이없이 써버렸다면,
마지막 단 한 번의 기회가
아직은 남아있는 것이다.

그 기회를 허투루 쓰지만 않는다면,
나는 조만간 내 인생의
최고로 좋은 날을 맞이하게 될 것이다.

처음부터 그대는
내가 사랑해야 할 사람이었습니다

이 세상에 이렇게나 많은 사람들 중에
나 그대를 만나 사랑이라는 걸 알게 되었습니다.

우연으로 시작된 우리의 인연은
어느 날부터인가 운명으로 바뀌어
지금껏 이어져 오고 있습니다.

삶을 살아간다는 게 때로 지치고 힘들기도 하지만,
그대가 곁에 있어줘서 그래도 살 만한 세상입니다.

어떤 날은 그랬습니다.
좋은 일이 생겨서 기뻤던 그 순간조차
그대와 함께 나눌 수 있다는 생각을 하니
더 큰 행복을 느꼈습니다.

또 어떤 날은 그랬습니다.

슬픔이 머물렀던 자리는 그대의 따뜻한 말 한마디,

그 위로와 격려 덕분에 쉽게 이겨낼 수 있었습니다.

그런 든든한 사람이

이제 영원한 나의 사람이 되려고 합니다.

이 순간을 맞이하기 위해 우리는 함께해 왔습니다.

지금 여기에 서서

나와 같은 곳을 바라보고 있는 그대는,

우연과 인연의 시간을 거쳐

마침내 운명이 되어준 내 사람입니다.

내가 사랑하는 내 사람,

처음부터 그대는 내가 사랑해야 할 사람이었습니다.

이제 영원까지 나만의 사람이 되어주세요.

나 또한 그대만의 사람이 되기를 맹세합니다.

사랑합니다.

아름다운 몸부림

아름다워진다는 건
일종의 몸부림 같은 것.

결코 추해지지 않으려는
내 안의 크고 작은 몸부림.

추해진다는 건 한순간이겠으나,
아름다움이란 건 이 척박한 세상에서
결코 굴복당하지 않으려는
맑은 영혼의 노력과 같은 것.

그 노력은 때론 내적 갈등으로, 쓰디쓴 인내로,
또는 휩쓸리지 않으려는 고통으로 얼룩져 가는 것.
그러다 문득 나비의 날갯짓처럼 아름다워지는 것.

결국
추해지지 않으려는 그 몸짓이
너와 나의 아름다움.

추해진다는 건 아주 쉬운 일이 되겠으나,
아름다움이란 건 오래도록 너를 바라보고
나를 바라보고 우리를 바라보며
더 좋은 모습으로 거듭나 보겠다는 의지.

그런 마음을 담아

사람과 사람들을 바라보려는

너와 나의 눈.

어쩌면 그게 진정

아름다운 우리의 몸부림.

'털 없음증'이라고도 하고,

'무모증無毛症'이라고도 하는 희귀병.

그 병을 가지고 태어난 한 아이가 있었다.

온몸에 털이 없는 증세였다.

어른이 된 그에겐 여전히

머리카락도, 눈썹도, 속눈썹… 도 없다.

스물세 살이라는 나이에

그는 베스트셀러 작가가 되었다.

비록 털은 없지만 그에겐 꿈이 있었고,

비록 남들과는 달랐지만

그는 그 '다름'을 '특별함'으로 극복해 냈다.

그는 지금 하고 싶은 것들과

해야만 하는 것들을 하면서

하루하루 최선을 다해 살아가고 있다.

우리 모두가 다르다는 사실을 인정하고 받아들일 때
세상은 좀 더 풍요롭고 다채로워진다.

그때야 비로소
우리는 마음의 여유가 생기게 된다.

더 많은 기쁨과 행복을 느낄 수 있는,
마음속 넓은 그릇을 갖게 된다.

作家의 말

몇 년 전부터 소설을 쓰기 시작했습니다.
아마 그때부터였던 것 같습니다.
그 시점서부터 시와 산문은 잘 쓰지 못했고,
제가 쓰는 소설은 웹소설로 진보했으며,
그 장르는 모두가 로맨스였습니다.

글이라고 해서
다 같은 글이 아닌 것 같습니다.
책의 종류가 다양하듯이
글을 세분화시켜 보면 그 또한 다양합니다.
소설 장르 하나만 따져보더라도
일반적인 소설에서부터 로맨스,
판타지, 로맨스 판타지, 추리,
공상 과학… 등 매우 다양합니다.

판타지 소설 역시 현대 판타지, 게임 판타지,
역사 판타지, 무협 판타지, 퓨전 판타지… 등등
머릿속이 매우 복잡해집니다.

저는 원래 시인으로 먼저 데뷔했는데
지금은 현대 판타지 소설까지 쓰고 있으니,
시인이라는 그 말을 들을 적이면
저 역시 제가 미심쩍어질 때가 있습니다.

이런 거 하나만 보더라도,
사람의 미래는 정말이지 알 수가 없다는 게
정답인 듯합니다.

10년간의 절필 끝에

다시금 글로 돌아왔을 때만 해도

앞으로는 시만 쓰면서 살겠노라 다짐했었습니다.

하지만 이 시대는,

사람들은, 심지어 저조차도

시와 시심詩心으로부터

점점 더 멀어져 가고 있는지 모릅니다.

이 책의 표제가 된 〈아름다운 눈〉은

첫 시집에 실려 있는 시를 그대로 가져와서 썼습니다.

〈다시, 아름다운 눈〉은 예전의 '아름다운 눈'을 떠올리며
새로이 쓰게 되었습니다.

이 책을 시집이라고 하기에도
그렇다고 산문집이라고 하기에도
다소 애매한 부분이 있습니다.

다만 한 가지,
'다시, 아름다운 눈'을 가지고
'다시, 시'로 가기 위한
아름다운 저의 몸부림인 것만은 분명해 보입니다.

〈아름다운 눈〉 외에 몇 편을 제외하고 나면
거의 대부분은 새로 쓴 글들입니다.

여행을 하면서, 사랑을 하면서,
이별을 하면서 썼던 글들이고
소설을 쓰면서, 밥을 먹으면서,
술을 마시면서 썼던 글들입니다.

이 책에 실린 새로 쓴 모든 잡문들은
한곳, 한자리에서 썼던 글들이 아니어서
뜨문뜨문, 느릿느릿,
꽤 오랜 시간이 걸린 것도 사실입니다.

비록 보잘것없는 잡문들이지만
제 나름의 강렬함을 담아내고 싶었습니다.
초심을 다잡기 위해서라도
좀 더 인상적인 글 한 편 한 편을
이 책에 싣고 싶었습니다.

*

그렇습니다.
제가 〈작가의 말〉이라는 이 페이지들을 통해
말씀드리고 싶었던 건 바로 초심이었습니다.

지금은 주로 소설을 쓰고 있지만
앞으로는 시도 많이 쓰겠습니다.

그래서 시인이라는 그 말을 들었을 때

제 스스로가 느끼기에 미심쩍고 부끄럽지 않은,

그런 떳떳한 사람이 될 수 있도록 노력하겠습니다.

계속해서 글을 써나간다는 것이

결코 쉽지 않은 일이긴 하지만,

무언가를 꾸준히 해나간다는 것 자체가

그게 무엇이든 간에 결코 쉽지 않은 일임을

우리는 잘 알고 있습니다.

그리 쉽지 않은 이 일 때문에

기쁨도 느끼고

보람도 느끼고

희열도 느낍니다.

무엇보다

모자라고 부족한 제 글들을 찾아내

깊이 읽어주시는 여러분들을 멀리서나마 바라볼 때,

저는 가장 큰 행복을 느낍니다.

항상 감사합니다.

2020년

내 인생의 최고로 좋은 날을 맞이해

이 세 혁

우리 서로에게 '아름다운 눈'이 되어주어 함께 가자!

나는 다시,

여행을 떠난다.

.

.

.

.

.

너와 함께.

2017년 8월, 집을 떠나와 며칠은 신촌의 한 여행자 숙소에서, 또 며칠은 강릉의 한 여행자 숙소에서, 또 다른 며칠은 단양의 여행자 숙소 두 곳에서 지냈다. 단양과 가까운 제천, 그곳에서만 15개월을 보냈다(오른쪽 사진은 제천시 청풍면에서 내려다본 청풍호의 모습).

그러고는 대전에서 6개월간 머물렀으며 분당에서 약 2주 정도 휴식을 취한 후, 처음 청주로 오게 되었다. 지금도 청주에서 지내고 있긴 하지만, 다음의 여행지는 아마도 제주가 될지 모르겠다. 오래전, 시집 한 권을 통째로 썼던 그곳으로 다시금 회귀될지도 모르는 일.

그럼, 이번에도 시집 한 권을 통째로 쓸 수 있을까?

그래, 얼른 가봐야겠다! 너와 함께. 곧.

Photo by. 이세혁